Pequeños
EXPERTOS EN
ecología

Cómo comprar productos ecológicos

Como ser guardianes del planeta

PowerKiDS press.

Published in 2023 by PowerKids, an Imprint of Rosen Publishing
29 East 21st Street, New York, NY 10010

Cataloging-in-Publication Data
Names: Editorial Sol 90 (Firm).
Title: Cómo comprar productos ecológicos / by the editors at Sol90.
Description: New York : Powerkids Press, 2023. Series: Pequeños expertos en ecología
Identifiers: ISBN 9781725337565 (pbk.) ISBN 9781725337589 (library bound)
ISBN 9781725337572 (6pack) ISBN 9781725337596 (ebook)
Subjects: LCSH: Shopping--Environmental aspects--Juvenile literature.
Sustainable living--Juvenile literature. Environmentalism--Juvenile literature.
Classification: LCC GE195.5 W397 2023 DDC 640.28'6--dc23

Coordinación: Nuria Cicero
Edición: Alberto Hernández
Edición, español: Diana Osorio
Maquetación: Àngels Rambla
Adaptación de diseño: Raúl Rodriguez, R studio T, NYC
Equipo de obra: Vicente Ponce, Rosa Salvía, Paola Fornasaro
Asesoría científica: Teresa Martínez Barchino

Infografías e imágenes:
www.infographics90.com
Agencias: Getty/Thinkstock, AGE Fotostock, Cordon Press/Corbis, Shutterstock.

Manufactured in the United States of America

CPSIA Compliance Information: Batch #CSPK23. For Further Information contact Rosen Publishing, New York, New York at 1-800-237-9932.

CONTENIDO

¿QUÉ ES EL CONSUMO?

Podemos decir que el consumo es lo que gastamos cada día para comprar todo tipo de cosas, como comida, ropa, juguetes, o pagar servicios, como un viaje en autobús o la electricidad de casa.

Una rueda necesaria

El consumo es un proceso económico necesario para el sustento de la sociedad de hoy. Es como una rueda en la que participamos todos y que no para de girar y traer beneficios. Fíjate en el ejemplo del consumo de leche, que parece simple, ¿no? Fíjate cuántas etapas hay, de la vaca a la compra, hasta llegar a ¡tú!

Una rueda necesaria...

...mantiene la producción en movimiento

Ordeño de la vaca

Procesamiento y embotellamiento

Almacenamiento

Producir y consumir

Los que producen cosas reciben un pago a cambio, que se destina a pagar a sus empleados o proveedores o para cubrir sus necesidades. Consumir mantiene activa la producción.

Consumidor final

Comprador

Transporte

MILK

Venta de producto

¿POR QUÉ SE DICE QUE EL CONSUMO TIENE DOS CARAS?

La sociedad actual nos impulsa a comprar muchas veces más de lo que necesitamos. Para algunas personas consumir puede llegar a convertirse en una obsesión.

Con propósito y cuidado

Consumir no es malo, pero hay que aprender a consumir solo lo que realmente necesitemos. Que nuestra compra o gasto tenga un propósito cierto.

Consumir con cuidado

A diario y en todas partes

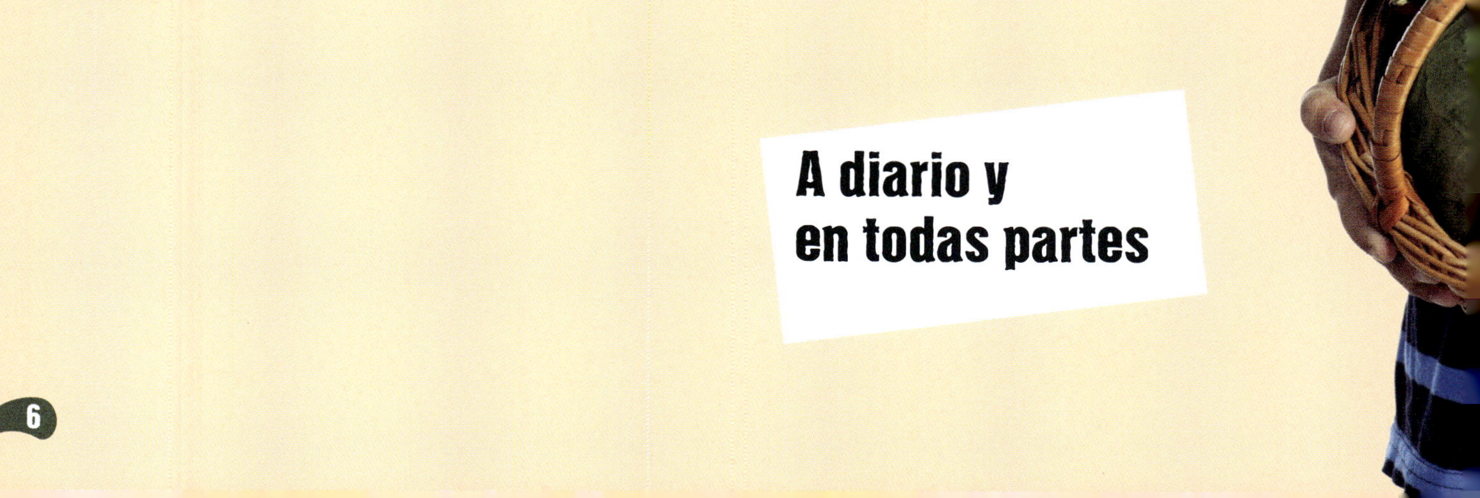

Cada día

Todas las cosas que compramos o pagamos forman parte de nuestro consumo. El consumo forma parte de la economía; la de tu ciudad, la de tu país y la del mundo. ¡Tenlo presente!

Pensando en verde!

El bienestar de la humanidad, el medio ambiente y el funcionamiento de la economía dependen de que los recursos naturales del planeta se gestionen de forma responsable. Por eso, ¡piensa en verde! Si compras productos que respetan el medio ambiente, es decir, que han sido fabricados bajo normas sostenibles, mucho mejor.

UN PRODUCTO, ¿TIENE VIDA?

Aunque no lo creas, ¡sí! La vida de un producto, es decir, de las cosas que consumimos, incluye todos los procesos necesarios para su creación. Toda su vida útil, e incluso las etapas para luego eliminarlas o reciclarlas.

Una simple lata, no tan simple

Ya has visto lo que conlleva la producción de leche para su consumo. Mira ahora la de un producto más elaborado y complejo, como una lata de refresco. ¿Lo habías pensado alguna vez?

1 Se extrae la bauxita, mineral del que se obtiene el aluminio.

Un producto tiene vida

9 La lata vacía se tira a un contenedor para envases.

10 En la planta de reciclaje se clasifican y prensan.

11...

Se refunde el aluminio para poder reutilizarlo.

2

El metal se funde.

3

El metal se transforma en grandes placas.

4

Se producen las latas y se les imprime la marca.

5

Se empaquetan y preparan para el transporte.

6

Se transportan hasta los puntos de venta.

7

Las tiendas las exponen al público.

8

Se compra la lata para beber su contenido.

LA MOCHILA ECOLÓGICA

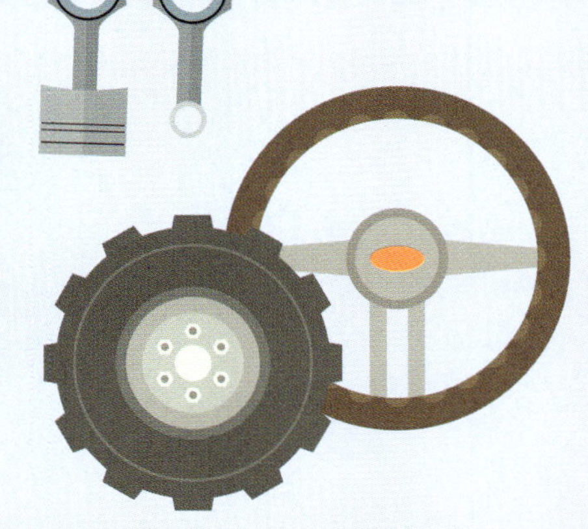

La mochila ecológica de un producto es la suma de todos los materiales que fueron empleados en su elaboración a lo largo de todo su ciclo de vida. Desde que se crea hasta que se recicla o se elimina como residuo.

Mejor si es ligera

Cuanto más bajo sea el peso de la mochila ecológica de un producto, menos perjudicial será para el medio ambiente.

¡Vaya mochila!

Los productos que consumimos a diario son mucho más que lo que vemos. Lo que no se ve, lo invisible, pesa mucho más que lo que se ve, el producto. Fíjate en la cantidad de piezas que se usan para equipar un automóvil, que a su vez se producen. Y aquí sólo colocamos algunas de ejemplo, pues para fabricar un automóvil se utilizan muchísimos materiales más.

Mejor si es ligera

La mochila ecológica de un automóvil pesa más de 15 toneladas (es decir, más de diez veces el peso del propio auto).

Información valiosa

Conocer la mochila ecológica de un producto nos dará información acerca de lo respetuoso que es el fabricante con el medio ambiente.

Todo cuenta

Además de los materiales de fabricación, también el transporte, el reciclaje y la eliminación de residuos implican gastos de energía y recursos.

¿SABÍAS QUE?

Para fabricar un teléfono inteligente se emplean 75 kg de materiales diversos. ¿Cuántos dispositivos móviles hay cerca de ti? ¿Crees que respetan el medio ambiente? ¿Y las computadoras? ¿Y los coches?

Mochila adulto normal

20

kilogramos

Teléfono inteligente

75

kilogramos (3.75 mochilas)

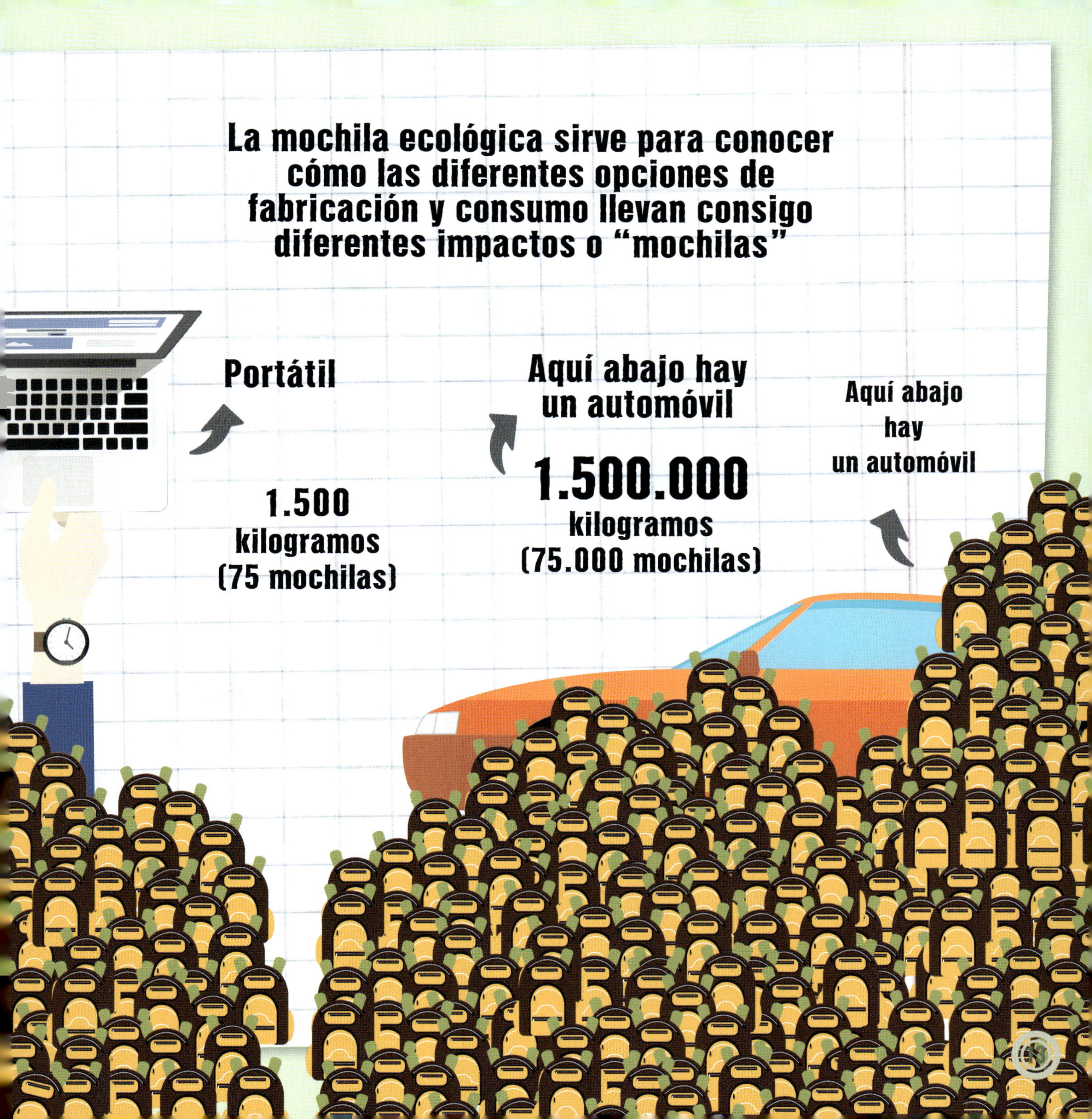
La mochila ecológica sirve para conocer cómo las diferentes opciones de fabricación y consumo llevan consigo diferentes impactos o "mochilas"
Portátil
1.500 kilogramos (75 mochilas)
Aquí abajo hay un automóvil
1.500.000 kilogramos (75.000 mochilas)
Aquí abajo hay un automóvil

LOS ALIMENTOS ECOLÓGICOS

Los alimentos ecológicos son los que se producen de forma totalmente natural, sin productos químicos y sin dañar o alterar el medio ambiente.

Naturales, ante todo

La agricultura ecológica no utiliza pesticidas ni fertilizantes químicos que contaminan el agua y pueden ser dañinos para nuestra salud.

De temporada

Los alimentos ecológicos son de temporada; es decir, propios del clima de la zona y de la época del año en que estemos.

Cuidado con el envase

Un producto no es totalmente ecológicos si su envase no lo es también. Mejor si los compramos a peso y utilizamos nuestra propia bolsa de la compra.

Ganadería eco

De la misma manera que los cultivos, los animales de granja también pueden ser ecológicos. Para que así sea, se crían en ambientes abiertos y se alimentan de productos ecológicos.

LOS ALIMENTOS TRANSGÉNICOS

A favor: especies más fuertes

En el laboratorio se modifican los genes de las plantas. Así se consiguen especies más resistentes a las plagas y los pesticidas, y que crecen más rápidamente.

¿Posible solución al hambre?

Aumentar la producción y al contar con alimentos más resistentes podría ayudar a solucionar los problemas de hambre en sitios con emergencia social.

Los alimentos transgénicos se obtienen a partir de la manipulación de sus genes. Gracias a esta modificación se logra desarrollar productos más resistentes y productivos. Mira sus pros y contras.

En contra: posibles efectos negativos para la salud

Si bien se sabe poco aún sobre cómo afectan los alimentos transgénicos a la salud, podrían ser negativos en el largo plazo, como el desarrollo de alergias o intolerancias.

Daña la biodiversidad

Muchas veces las empresas siembran sin prever la invasión al resto de los ecosistemas. Como son especies más fuertes, desplazan a las especies originales.

DEL CAMPO A LA CESTA

Abono

Se usan abonos naturales para hacer el suelo más fértil.

Invernáculo

Aquí se trasplantan para proteger las plantas de las heladas.

Otras plantas

Se cultivan otras plantas en el mismo huerto que son beneficiosas para el crecimiento del tomate.

Ortigas

Se utilizan para ahuyentar los insectos que destruyen los frutos.

Cultivo tradicional

Fíjate en las diferencias entre la forma tradicional de cultivar tomates y el cultivo transgénico de estas plantas. ¿Cuál te parece que respeta más la naturaleza?

Alto rendimiento

Los campos se diseñan para aprovechar al máximo el espacio. Así se obtienen más tomates por hectárea.

Cultivo transgénico

Terreno

Los tomates modificados pueden cultivarse en terrenos que en condiciones normales no son aptos para estas plantas.

Resistentes

Son resistentes a los pesticidas que se utilizan para acabar con las plagas.

LAS ETIQUETAS HABLAN

Todo consumidor puede reconocer en un producto etiquetado si ha sido producido de manera sostenible. Son productos que tienen una etiqueta certificada por un organismo, que asegura que cumple unos criterios ambientales.

Tienen significado

Indican que el producto se ha fabricado respetando el medio ambiente.

Busca las etiquetas oficiales

Son las que otorgan los organismos oficiales de cada país y son las más fiables.

Cambian por país o región

Más de 84 países tienen ecoetiquetas oficiales. Algunos ejemplos son la flor de la Unión Europea o el cisne de los países escandinavos.

EL TIPO DE ENVASE ES IMPORTANTE

Otra cosa que debes tener en cuenta a la hora de comprar un producto es que su envase sea reciclable. Aquí tienes algunos símbolos que te ayudarán a reconocerlos.

Aluminio reciclable

Lo llevan los envases y latas fabricados con aluminio reciclable.

Materiales reciclables

Indica que los materiales con los que se ha fabricado el producto son reciclables. Si lleva un porcentaje en su interior (por ejemplo, 70%), quiere decir que solo esa parte se puede reciclar.

Cada objeto en su contenedor

Este símbolo nos recuerda que debemos depositar el envase o residuo en el contenedor o centro adecuado para que pueda reciclarse.

Gestión de residuos

Nos informa de que el fabricante participa en la gestión de residuos. Es decir, da la garantía de que el envase se reciclará.

EVITAR EL PLÁSTICO

El plástico es un material tan versátil, eficaz y barato que ha invadido por completo nuestro día a día. La casa, la escuela, el trabajo, el coche... en cualquier lugar encontramos objetos de plástico. El problema es que tarda mucho en degradarse cuando lo desechamos y daña el medio ambiente. Por eso conviene reducir su consumo.

Alternativa biodegradable

Existen plásticos que se fabrican a partir de materia vegetal, como maíz, trigo o patata, que se degradan de forma natural. Muchos supermercados ya utilizan bolsas de este tipo.

Bolsa de plástico biodegradable

Degradada por el calor, los rayos ultravioleta y otros agentes

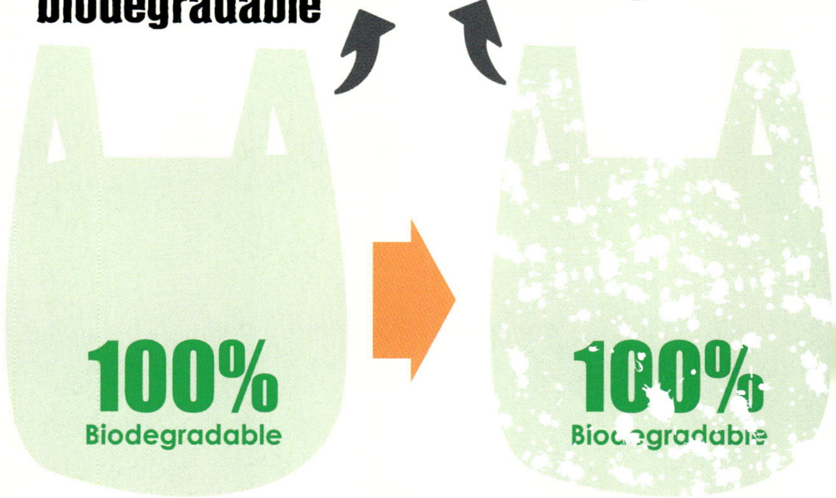

Difícil de reciclar

Otro problema del plástico es que es complicado de reciclar y eso lo hace aún más perjudicial para el planeta. El poliestireno y las resinas son los materiales menos reciclables.

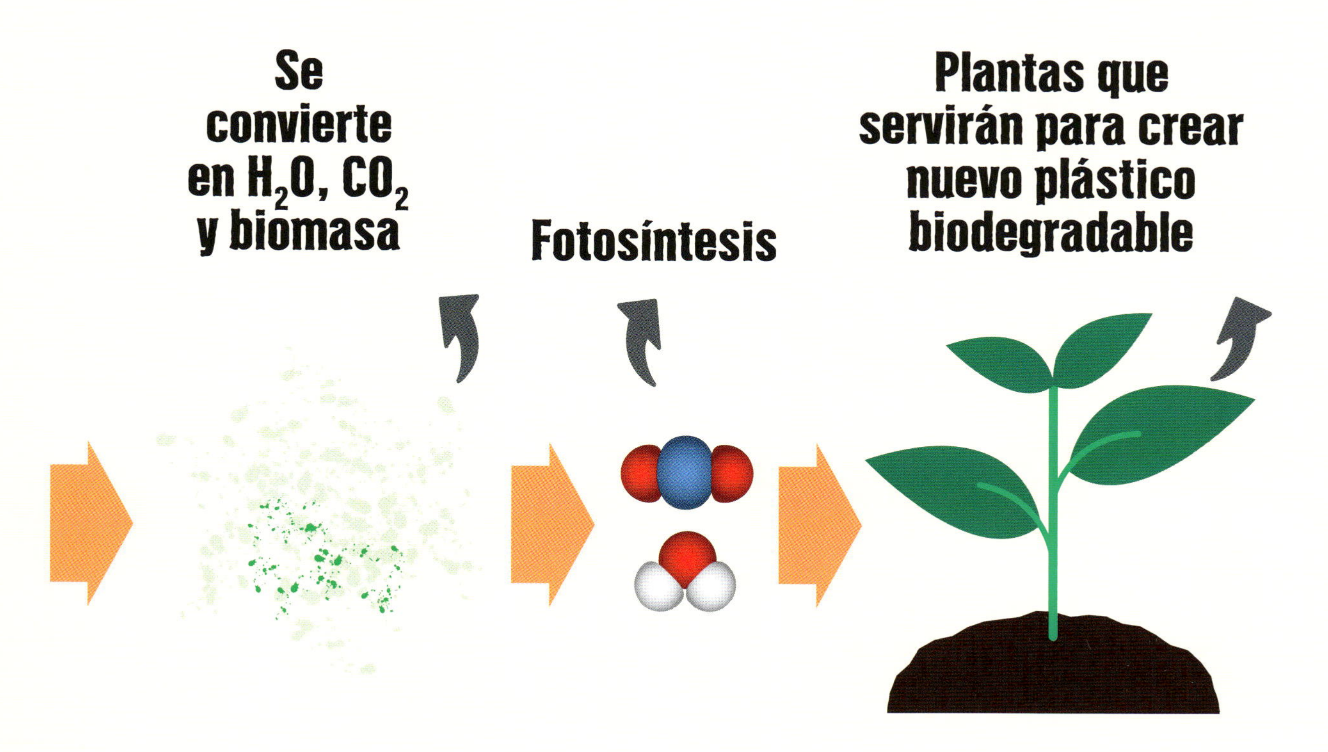

EL COMERCIO JUSTO

El comercio justo se ocupa de que agricultores y trabajadores reciban un pago justo por su trabajo, a la vez que garantiza el cuidado de la naturaleza. En el gráfico, verás algunos ejemplos.

Pequeños productores

Gran parte del comercio justo procede de pequeños agricultores. Al comprar productos de comercio justo se ayuda a mejorar las condiciones de vida de estos productores.

Precios más justos

Sin la participación de intermediarios, los productores pueden conseguir un precio más justo por sus productos.

Busca el sello

Los productos procedentes del comercio justo llevan un sello que los identifica. Para obtenerlo es necesario que una organización de comercio justo lo certifique.

Respeto por el medio ambiente

El comercio justo también se ocupa de que la producción sea respetuosa con el medio ambiente.

LA MODA SOSTENIBLE

¿Sabes que tu ropa cuesta mucho más de lo que has pagado por ella? La industria de la moda y su confección es la segunda más contaminante mundial. Por eso, debemos ser conscientes de nuestro consumo de ropa y de qué estamos comprando.

Cambiar el modelo de consumo

El modelo del negocio actual de la ropa se basa en el volumen y la producción de la ropa de la manera más barata y rápida posible. La compramos barata, la usamos algunas veces y luego, la tiramos. Este no es un modelo sostenible para el medio ambiente.

Cómo impacta cada prenda

Tus zapatillas, tu vestido, tus jeans... Cada prenda tiene un ciclo de vida, y un impacto. Debemos intentar conocer el impacto social y ambiental completo, desde el cultivo del algodón hasta los procesos de teñido y fabricación.

Reciclaje

Reutilizar la ropa evita procesos industriales complejos, contribuye al ahorro de agua y energía y a una menor producción de residuos.

¿CÓMO SÉ QUÉ ROPA ES SOSTENIBLE?

La ropa puede estar fabricada con muchos tipos de tejido, pero no todos son igual de respetuosos con el medio ambiente. Por eso es importante mirar leer bien la etiqueta de una prenda antes de comprarla y elegir las que utilicen materiales más sostenibles.

Algodón orgánico

El algodón orgánico es mejor para el medio ambiente que el algodón normal porque utiliza menos agua y no tiene productos químicos nocivos.

Viscosa sostenible

Es un material natural y biodegradable, que proviene de los árboles. Por eso, es importante asegurarse de que provenga de bosques que están bien cuidados y fuera de peligro.

Tintes naturales de plantas

Por los productos químicos que se utilizan, el teñido de telas es perjudicial para nuestro medio ambiente, las vías fluviales y los ecosistemas. Los tintes que vienen de plantas, en cambio, son totalmente naturales y biodegradables. Son más caros, pero son seguros para la salud y la piel.

Materiales reciclados

Muchas empresas han comenzado a reutilizar telas que normalmente se convertirían en desechos para reciclarlas en nuevas telas. También usan poliéster y nylon reciclado, que ya formó parte de un objeto en uso. Como por ejemplo, el nylon que hay en las redes de pesca y fibras de alfombras.

JUGUETES ADECUADOS

No siempre los mejores juguetes o los más respetuosos con el medio ambiente son los que aparecen por televisión en las campañas publicitarias. Hay muchos factores a valorar antes de elegir el juguete adecuado.

Evitar plástico y baterías

Los juguetes fabricados con plástico y los que llevan baterías son los menos sostenibles.

Los juguetes deben llevar en la etiqueta o en la caja un sello de calidad que certifique que son seguros.

Verificar edad de uso

Cada juguete está pensado para una edad y debe indicarlo. Hay que comprobarlo antes de comprar.

Sello de calidad

Mejor los juguetes educativos que aquellos que implican violencia o discriminación. No abusar de los videojuegos.

Mejor educación

Prolongar su vida útil

Si es posible, debemos reciclar, regalar o intercambiar un juguete antes de tirarlo y comprar uno nuevo.

CONSUMO RESPONSABLE

El resumen de todo lo que hemos ido viendo a lo largo del libro es que debes elegir siempre aquellos productos que sean mejores para el medio ambiente. De este modo ayudarás a mantener sano el planeta cuando hagas la compra.

Las cinco Rs ecológicas

Reducir, reparar, recuperar, reutilizar y reciclar. Recuerda estas palabras antes de deshacerte de un objeto y comprar uno nuevo. A menos basura, menos contaminación.

Productos locales

Elige productos producidos o fabricados cerca de donde vives. Así reducirás la cantidad de combustible que se necesita para transportarlos. Y recuerda: evita bolsas y envases de plástico.

No a la compra compulsiva

Hacer una lista de nuestras necesidades antes de salir de casa nos ayudará a no comprar lo primero que nos entre por la vista en la tienda.

FABRICA TU PROPIO JABÓN

Con este experimento comprobarás cómo productos que utilizamos habitualmente en casa pueden fabricarse con componentes totalmente naturales.

NECESITARÁS:

- **jabón en escamas**
- **bol para microondas o una olla vieja**
- **glicerina**
- **alcohol**
- **canela o pimentón**
- **moldes pequeños**

PASO A PASO: las explicaciones en la página siguiente!

PRIMER PASO

Coloca 1 taza de jabón en escamas en la olla o bol. Agrega 1/3 de glicerina y 2 cucharadas de alcohol.

SEGUNDO PASO

Con cuidado añade 1/8 de taza de agua a la mezcla y revuelve.

TERCER PASO

Agrega 1 cucharada de canela a la mezcla para darle aroma, y una de pimentón si quieres darle color.

CUARTO PASO

Calienta la mezcla a fuego lento, o bien en el microondas, hasta que hierva.

QUINTO PASO

Tan pronto como la mezcla haya hervido, retírala para que se enfríe, revolviendo a cada tanto.

Cuando la mezcla esté fría y transparente pero aún líquida, vuélcala en moldes y deja que se endurezca.

SEXTO PASO

Conclusión

El jabón resultante es muy suave, nada irritante porque sus ingredientes son naturales.